哈囉、再見的窗口

文／諾頓・賈斯特

圖／克利斯・拉西卡

譯／陳質采

主編／連翠茉　編輯／洪閔慧　美術設計／張士勇

發行人／王榮文

出版發行／遠流出版事業股份有限公司

台北市南昌路2段81號6樓

郵撥／0189456-1 電話／（02）2392-6899

傳眞／（02）2392-6658

著作權顧問／蕭雄淋律師

法律顧問／王秀哲律師・董安丹律師

輸出印刷／中原造像股份有限公司

2007年4月1日　初版一刷

ISBN　978-957-32-5994-7

定價260元

行政院新聞局局版臺業字第1295號

（缺頁或破損的書，請寄回更換）

有著作權・侵害必究 Printed in Taiwan

遠流博識網http：//www.ylib.com

YLib E-mail：ylib@ ylib.com

獻給 Tori N.J.

獻給 Eliana C.R.

哈囉、再見的窗口

文：諾頓·賈斯特　　圖：克利斯·拉西卡　　譯：陳質采

遠流出版公司

奶奶和爺爺住在
鎮中央的大房子裡。
它有條通往後門的石磚路，
正好經過廚房的窗口。

那是個打招呼的窗口，
看起來很普通，
事實上一點也不普通。

奶奶和爺爺總是在廚房。
所以，你可以爬上大花盆，
輕拍窗戶、迅速蹲下來，
讓他們不知道誰在搗蛋；
或者你也可以把臉
壓在玻璃上嚇嚇他們。
要是他們不在廚房，
這些事就做不了了，
只好等下次。

如果他們先看到了你，
他們會揮揮手，做鬼臉。
有時奶奶還跟我玩躲貓貓，
讓我不由得笑了出來。
所以進門之前，
我就已經感到許多的快樂和歡迎。

來看看廚房吧！多麼大呀。有張可以塗鴉的桌子，
還有許多的抽屜，可以拿東西出來玩。
可是，千萬別碰水槽底下，
你會覺得很噁心。

架子上擺滿了玻璃罐，裡頭裝了各式各樣的東西；
還有張方便我洗手的矮凳，以及許多舊照片。
奶奶說我很小的時候，
她甚至常常在水槽裡幫我洗澡──是真的！！

有時，爺爺會吹口琴給我聽。
他只會「噢！蘇珊娜」這首歌，
但會用許多不同的方式吹奏。
他會慢慢的吹或快快的吹，

站著吹或坐著吹。
他說他甚至可以
邊喝水邊吹奏，
只是我從來沒看過。

每當我在那裡過夜，我們也會在廚房吃晚餐。

天色暗下來的時候，

可以在窗戶上看到我們的倒影。

它就像面鏡子，

只是不在浴室裡，

而且那些倒影看起來好像

我們站在外面往裡頭望。

爺爺說：

「妳在外面做什麼，趕快進來吃妳的晚餐。」

「可是我在這裡陪你啊，爺爺，」我說。

他於是對著我露出滑稽的表情。

睡覺前，奶奶關掉所有的燈，
和我一起站在窗口邊，
跟星星道晚安。

你知道天上有多少星星嗎？

我也不知道，但是奶奶全知道。

早晨醒來，我們又先回到廚房，

那扇窗就在那裡等著我們。

你可以望出去，跟花園道早安，

或看看今天是下雨，還是好天氣。

你也可以看看隔壁的狗是否跑進
奶奶的花園尿尿。
她討厭這樣！

有時爺爺會很大聲的說：
「早安啊，世界！你今天要給我們些什麼？」
從來沒有人回答，但他不在乎。

爺爺天天做早餐，
他說那是他最拿手的事。

我最愛的是燕麥粥
加上香蕉和葡萄乾，
不過你看不到，
因為被他藏在底下。

我把它們統統找出來。

我穿好衣服後，就到花園幫忙奶奶。
那是個非常漂亮的花園，不過有隻老虎
住在大灌木叢後面，
所以我不曾到過那兒。

我也會騎騎腳踏車。

「不要騎到街上。」

或蒐集樹枝和橡果。

「不要拿到屋裡。」

或只是在附近踢球。
有時天氣很熱，
爺爺拿著水管追我，
我就大叫：
「停！爺爺，停啦！」

等他停下來了，
我又會求他再來一次。
奶奶看了直搖頭。

要是我累了，就會進屋睡午覺，
直到醒來之前，什麼事也沒發生。

有時候，我會坐在哈囉、再見的窗邊往外張望。奶奶說它是一扇魔法窗，任何東西會在你最意外的時候出現。

雷克斯暴龍
（已經絕種了，所以不能常來。）

披薩小弟

（義大利辣味香腸和起司， 他知道這是我的最愛。 ）

英國女皇

（奶奶是英國人， 你知道的，
所以女皇喜歡
來這裡喝下午茶。 ）

他們都會來！ 而且一次又一次， 只要他們想來！
一旦他們來了， 我會第一個看到。

媽咪和爸地下班後來接我。

我很高興，因為我知道要回家了，

但是也很難過，

因為這表示我必須離開奶奶和爺爺。

你知道的，你會同時感到快樂和難過。

有時就是會這樣子。

離開時，我們總會在窗前停下來，
送個飛吻，道聲再見。

從外頭看起來，
奶奶和爺爺的房子有很多窗戶，
但是只有一扇哈囉、再見的窗，
在你需要的時候，它就在那兒。

將來有一天，我有了自己的房子，
我也要有一扇這樣特別的窗。
那時候，我自己可能就是奶奶，
我不知道誰將是我的老伴，
但我希望他也會吹口琴。

作者
諾頓・賈斯特（Norton Juster）

1929年出生於美國。賈斯特不僅是位作家，同時也曾當過建築設計師、大學教授，目前更升格當了爺爺。

1960年代早期創作了膾炙人口的兒童經典冒險小說《幻象天堂》（*The Phantom Tollbooth*）以及關於數學世界的浪漫故事《*The Dot and the Line*》，《哈囉、再見的窗口》則是他最近的作品，也是他第一本的兒童繪本創作。

繪者
克利斯・拉西卡（Chris Raschka）

身兼作家、繪者及中提琴手的角色。童年時曾在媽媽的故鄉澳洲待過一段時日，目前定居在紐約。1993年以《*Yo! Yes?*》榮獲凱迪克大獎，此外，他還跨足描繪爵士大師的世界──《*Charlie Parker Played Be Bop*》、《*Mysterious Thelonious*》，創作內容相當多樣。

譯者
陳質采

高雄醫學院醫學系畢業，曾赴美修習兒童發展及蒙特梭利教學法，現於陽明大學公共衛生研究所流行病學組碩士班進修。曾任台北市立婦幼綜合醫院兒童心智科主任、醫學人文雜誌《醫望》編輯委員，目前任職行政院衛生署桃園療養院兒童青少年精神科主任，為中華民國台灣兒童青少年精神醫學會理事、財團法人公共電視兒童青少年節目諮詢委員，以及台北市政府兒童青少年促進福利委員會委員。也是兩個孩子的媽媽。著有《與孩子談安全》（信誼）、《在歡笑和淚水中成長》（師大書苑）、《姊姊畢業了》（董氏基金會）、《玩遊戲，解情緒》（信誼），譯有《自閉症行為問題的解決方案》、《促進溝通的視覺策略》（心理出版社）等書，以及為《我會愛精選繪本》系列（遠流）之策劃者。